Juan Valera

Parsondes

Barcelona **2024**
Linkgua-ediciones.com

Créditos

Título original: Parsondes.

© 2024, Red ediciones S.L.

e-mail: info@Linkgua-ediciones.com

Diseño de cubierta: Michel Mallard.

ISBN rústica: 978-84-9816-331-5.
ISBN ebook: 978-84-9897-959-6.

Sumario

Créditos _____ **4**

Brevísima presentación _____ **7**
   La vida _____ 7

Parsondes _____ **9**

Libros a la carta _____ **17**

Brevísima presentación

La vida

Juan Valera (Cabra, Córdoba, 1824-Madrid, 1905). España.

Político y diplomático, fue un hombre culto y refinado, con numerosas aventu- ras amorosas y amistades literarias. Se inició en el servicio diplomático con el duque de Rivas cuando este era embajador en Nápoles, y allí estudió griego. Más tarde estuvo en Portugal, Rusia, Alemania, Brasil, Estados Unidos, Bélgica y Austria.

Parsondes

Aunque se ame y se respete la virtud, no se debe creer que sea tan vocinglera y tan espantadiza como la de ciertos censores del día. Si hubiéramos de escribir a gusto de ellos, si hubiéramos de tomar su rigidez por valedera y no fingida, y si hubiéramos de ajustar a ella nuestros escritos, tal vez ni las Agonías del tránsito de la muerte, de Venegas, ni los Gritos del infierno, del padre Boneta, serían edificantes modelos que imitar.

Por desgracia, la rigidez es solo aparente. La rigidez no tiene otro resultado que el de exasperar los ánimos, haciéndoles dudar y burlarse, aunque solo sea en sueños, de la hipocresía farisaica que ahora se usa.

Véase, si no, el sueño que ha tenido un amigo nuestro, y que trasladamos aquí íntegro, cuando no para recreo, para instrucción de los lectores. Nuestro amigo soñó lo que sigue:

—Más de dos mil seiscientos años ha, era yo en Susa un sátrapa muy querido del gran rey Arteo, y el más rígido, grave y moral de todos los sátrapas. El santo varón Parsondes había sido mi maestro, y me había comunicado todo lo comunicable de la ciencia y de la virtud del primer Zoroastro.

Siete años hacía ya que Parsondes, después de iluminar el mundo con su doctrina, y de formar varios discípulos dignos de él, había desaparecido, sin que le volviese a ver nadie, ni vivo ni muerto. Los buenos creyentes daban, pues, por seguro que Parsondes había subido a la región de la luz increada, cerca de Ahura-Mazda, donde brillaba casi tanto como los Amschaspandes y los Izeds, y donde eclipsaba a su propio feruer con beatíficos resplandores. Allí militaba aún en el ejército de los espíritus luminosos contra el príncipe de las tinieblas, Ahrimanes, cuya soberbia había humillado en esta vida terrenal, y cuyo imperio contribuía poderosamente a destruir en la otra vida, procurando que se realizase la santa esperanza del triunfo definitivo del bien sobre el mal. Los sectarios de la religión de Ahura-Mazda creían, pues, a puño cerrado que Parsondes debía contarse en el número de los veinte o treinta grandes profetas, precursores y continuadores de Zoroastro hasta la consumación de los s glos. Aunque en Susa y en todo el imperio de los medos, con los reinos tributarios, había hombres de otras varias religiones y creencias, todos respetaban y casi divinizaban igualmente a Parsondes, si bien por diversos estilos. Unos decían que había encontrado la flecha de Abaris y se había ido por el aire, montado en ella; otros, que se había elevado al empíreo en el trono flotante de Salomón o en un carro de fuego; otros, que el dragón Musaros, que en la antigüedad más remota civilizó a los asirios, y que tenía cuerpo de pez, cabeza de hombre y piernas de mujer, se le había llevado consigo a su palacio submarino, en el fondo del golfo Pérsico. En resolución, aunque por distinta manera, todos convenían en que Parsondes, el virtuoso y el sabio, estaba viviendo con los dioses. En las plazas públicas de Susa se veneraba su imagen, coronada la cabeza de una mitra con quince cuernos, en razón de las quince virtudes capitales que resplandecieron en él, y vestido el cuerpo de un ropaje talar lleno de otros símbolos más extraños aún en nuestros días, aunque entonces no lo fuesen.

Entre tanto, las malas costumbres, el lujo, la disipación, los galanteos y las fiestas dispendiosas iban en aumento desde la muerte o desaparición de Parsondes, el cual, mientras vivió entre nosotros, no hizo más que condenar aquellos abusos.

El rey de Babilonia, Nanar, tributario de mi augusto amo Arteo, rey de Media, había roto todo freno y corría desbocado por el camino de los deleites. Nosotros acusábamos a Nanar, como Parsondes le había acusado antes; pero nuestra voz, menos autorizada que la suya, no tocaba el corazón de Arteo, ni le decidía a destronar a Nanar y a poner otro rey más morigerado en Babilonia. Nanar era más descreído y libertino que Sardanápalo, y en Babilonia no se adoraba ya a otro dios que al interés y a Mílita, o, como si dijéramos, a Venus. En vano mis camaradas y yo predicábamos contra la corrupción. El vulgo y la nobleza se nos reían en las narices. Nosotros nos vengábamos con hablar de la santa vida de Parsondes y con ponerla en contraposición de la vida que ellos llevaban.

Así iban las cosas, cuando una mañanita Arteo me hizo llamar muy temprano a su presencia.

—Hay esperanzas —me dijo— de que Parsondes viva aún; pero si ha muerto, es menester vengarle y castigar a su matador, que no puede ser otro que el rey Nanar.

—Tu sabiduría, señor —le contesté—, es como la luz, que lo penetra y descubre todo. Vences al cocodrilo en prudencia y al lince en perspicacia; pero, ¿cómo has sabido que Parsondes puede vivir aún, y que, si ha muerto,

Nanar ha sido su asesino? ¿No han asegurado los magos que Parsondes está en el cielo? ¿No han descubierto los astrólogos en la bóveda azul una estrella antes nunca vista, y no han reconocido en esa estrella el alma de Parsondes?

—Así es la verdad —replicó el rey—; pero yo he llegado a averiguar, por revelación de algunos caballeros babilonios descontentos de Nanar, que éste, furioso de lo que Parsondes clamaba contra él, envió siete años ha emisarios por todas partes para que ocultamente le prendiesen y llevasen a su alcázar; y allí debe de estar Parsondes, o muerto o padeciendo tormentos horribles.

—¡Ah, señor! —exclamé yo al punto, postrándome a los pies del rey—. Justo es vengar una maldad tan espantosa. Permite que yo sea el instrumento de tu venganza, y que salve a mi querido maestro del cautiverio en que, si no ha muerto, se halla.

El rey me dijo que con ese fin me había llamado, y que al instante me preparase a partir con el acompañamiento debido, y órdenes terminantes suyas para que Nanar me respondiese con su vida de la del santo varón, o le pusiese en libertad.

Aquel mismo día, que era uno de los más calurosos del estío, salí de Susa en un magnífico carro tirado por cuatro caballos árabes. Un hábil cochero iba dirigiéndole, y dos esclavos etíopes me acompañaban también en el carro, haciendo aire el uno con un abanico de plumas de avestruz, y sosteniendo el otro, sobre rico varal de marfil, prolijamente labrado, el ancho parasol de seda. Cuatrocientos jinetes, todos con aljabas, arcos y flechas, vestidos de malla y cubierta la cabeza con sendos capacetes de bronce, nielado de refulgentes colores, me seguían y me daban mayor autoridad y decoro. Seis batidores, montados en rayadas y velocísimas cebras, iban delante de mí, a fin de anunciarme en las diversas poblaciones. Las vituallas y refrescos que traíamos para suplir las faltas del camino venían sobre los lomos de veinte poderosos elefantes.

Por no pecar de prolijo, no refiero aquí menudamente los sucesos de mi viaje. Baste saber que el décimo día descubrimos a lo lejos los muros ingentes de Babilonia, obra de Nabucodonosor y de Nitocris. Tenían treinta varas de espesor; circundaban la ciudad, formando una zona de veintidós leguas de bojeo, y se elevaban, por la parte más baja, ciento veinte varas sobre la tierra: tanto como los campanarios de las catedrales de ahora. Un copete de verdura coronaba los muros. Eran los jardines pensiles. Sobre los muros y sobre los jardines descollaban algunos edificios, como los palacios reales, el templo de Belo y la famosa torre de Nemrod, que constaba de ocho pisos, de más de doscientas varas de alto el primero. Desde la cima de esta torre, que parecía tocar la bóveda celeste, presumían tratar los sabios antiguos con los dioses, secretas inteligencias o genios que mueven los astros. Aunque tan distantes aún, y de un modo confuso, creíamos ya percibir las colosales figuras esculpidas y pintadas en las paredes exteriores de palacios y templos; aquellos toros con cabeza de hombre y aquellos hombres con cabeza de león; aquellos próceres y aquellos guerreros, ceñidos los riñones de talabartes, de que se enamoraron Oala y Oliba. El Sol reflejaba desde Oriente sobre los gigantescos edificios y sobre las cien puertas enormes de la ciudad, que eran de bronce dorado. El resplandor que despedían deslumbraba los ojos. El Éufrates y el Tigris, serpenteando y heridos también por los rayos del Sol que rielaba en sus ondas, se asemejaban a dos cintas de oro en fusión que formaban un lazo.

Los batidores se habían adelantado a anunciar mi llegada. De repente vimos levantarse en la extensa y fértil llanura, entre las huertas, jardines y verdes sotos, por donde estaba abierto el camino, una nubecilla blanca que se iba agrandando. Luego vimos una mancha oscura que se movía hacia nosotros. Poco después llegó a todo correr uno de mis batidores a decirme que Nanar se acercaba a recibirme con numerosa comitiva. En esto la mancha oscura se había agrandado en extremo, y empezamos a oír distintamente el son de los instrumentos músicos, el relinchar de los caballos y el resonar de las armas. Notamos, por último, el resplandor del oro y de la plata, el lujo de las vestiduras y la magnificencia de los que a recibirnos venían.

Hice entonces que el cochero aguijase los caballos, y pronto estuve cerca del rey Nanar, que venía en un soberbio palanquín de bambú, sándalo y nácar, sostenido por doce gallardos mancebos. El rey bajó del palanquín y yo del carro, y nos saludamos y abrazamos con mutua cordialidad.

La túnica del rey era de tisú de oro, bordada de seda de mil colores. En el bordado se representaban todas las flores del campo, y todos los pájaros del aire, y todas las estrellas del éter. Llevaba el rey una tiara no menos estupenda, ajorcas y brazaletes, y por zarcillos dos redondas perlas, del tamaño cada una de un huevo de perdiz.

Su cabellera le caía en bucles perfumados sobre la espalda, y la barba formaba menudísimos rizos, artística y simétricamente ordenados. Su vestido y su persona despedían delicada fragancia. A pesar de mi severidad, no pude menos de admirarme de la finura del rey Nanar, y confesé allá en mis adentros que era la persona más comm'il faut que había yo tratado en mi vida.

El rey me alojó en su alcázar, me dio fiestas espléndidas y me distrajo de tal suerte, que casi me hizo olvidar el objeto de mi misión. Ya teníamos un concierto, ya un baile, ya una cena por el estilo de la que dio Baltasar muchos años después. Yo no me atrevía a preguntar al rey qué había hecho de Parsondes. Yo no comprendía que un señor tan excelente, que agasajaba y regalaba a los huéspedes con aquella elegancia y cortesanía, hubiese dado muerte o tuviese en duro cautiverio a mi querido maestro.

Por último, una noche me armé de toda mi austeridad y resolución, y dije a Nanar, en nombre del rey mi amo, que en el momento mismo iba a decir dónde estaba el virtuoso Parsondes, si no quería perder el reino y la vida. Nanar, en vez de contestarme, hizo venir al punto a todas las bayaderas y cantatrices que había en el alcázar: se entiende que fuera del recinto, harén o como quiera llamarse, reservado a sus mujeres. Las tales sacerdotisas de Mílita pasaban de novecientas, y eran de lo más bello y habilidoso que a duras penas pudiera encontrarse en toda el Asia. Las muchachas llegaron bailando, cantando y tocando flautas, crótalos y salterios, que era cosa de gusto el verlas y el oírlas. Yo me quedé absorto. Nanar me dijo, y aquí fue mayor mi estupefacción:

—Ahí tienes al santo Parsondes, en medio de esas mujeres. Parsondes, ven acá y saluda a tu antiguo discípulo.

Salió entonces del centro de aquella turba femenina uno que, a no ser por la barba, hubiera podido confundirse con las mujeres. Traía pintadas las cejas de negro, de azul los párpados, a fin de que brillasen más los ojos, y las mejillas cubiertas de colorete. Estaba todo perfumado; su traje era casi tan rico como el del rey; su andar, afeminado y lánguido; de sus orejas pendían zarcillos primorosos; de su garganta, un collar de perlas; ceñía su frente una guirnalda de flores. Era el mismo Parsondes, que me echó los brazos al cuello.

—Yo soy —me dijo— muy otro del que antes era. Vuélvete, si quieres, a Susa; pero no digas que vivo aún, para que no se escandalicen los magos, y para que sigan teniendo un ejemplo reciente de santidad a que recurrir. Nanar se vengó de mi ruda y desaliñada virtud haciéndome prisionero y mandando que me enjabonasen y fregasen con un estropajo. Después han seguido lavándome y perfumándome dos veces al día, regalándome a pedir de boca, y obligándome a estar en compañía de todas estas alegres señoritas, donde he acabado por olvidarme de Zoroastro y de mis austeras predicaciones, y por convencerme de que en esta vida se ha de procurar pasarlo lo mejor posible, sin ocuparse en la vida de los otros. Cuidados ajenos matan al asno, y nadie lo es más que quien se mezcla en censurar los vicios de los otros, cuando solo le ha faltado la ocasión para caer en ellos, o cuando, si en ellos no ha caído, se lo debe a su ignorancia, mal gusto y rustiqueza.

Las manos me puse en los oídos para no oír semejantes blasfemias en boca de aquel sabio admirable. Desesperado y rabioso estaba yo de verle convertido en bon vivant, con sus puntas y collar de bribón desvergonzado; mas para evitar habladurías escandalosas, determiné aconsejar al colegio de los magos que siguiese sosteniendo que Parsondes había subido al empíreo, y que siguiese venerando su imagen, sin descubrir nunca, antes negando rotundamente, que Parsondes vivía con las bailarinas de Babilonia, en el alcázar de Nanar.

En esto desperté de mi sueño y me volví a encontrar en mi pobre casita de esta corte.

—Creo —añadía nuestro amigo al terminar su cuento— que con menos riqueza y a menos costa pueden los Nanares del día seducir a los Parsondes que zahieren su inmoralidad y sus vicios, movidos, no de la caridad, sino de la envidia. Los que no estén seguros de la propia virtud y entereza de ánimo han de ser, pues, más indulgentes con los Nanares. ¡Desdichado aquel que hace alarde de virtud sin tenerla probadísima!

¡Dichoso aquel que la practica y calla!

Libros a la carta

A la carta es un servicio especializado para

empresas,

librerías,

bibliotecas,

editoriales

y centros de enseñanza;

y permite confeccionar libros que, por su formato y concepción, sirven a los propósitos más específicos de estas instituciones.

Las empresas nos encargan ediciones personalizadas para marketing editorial o para regalos institucionales. Y los interesados solicitan, a título personal, ediciones antiguas, o no disponibles en el mercado; y las acompañan con notas y comentarios críticos.

Las ediciones tienen como apoyo un libro de estilo con todo tipo de referencias sobre los criterios de tratamiento tipográfico aplicados a nuestros libros que puede ser consultado en Linkgua-ediciones.com.

Linkgua edita por encargo diferentes versiones de una misma obra con distintos tratamientos ortotipográficos (actualizaciones de carácter divulgativo de un clásico, o versiones estrictamente fieles a la edición original de referencia).

Este servicio de ediciones a la carta le permitirá, si usted se dedica a la enseñanza, tener una forma de hacer pública su interpretación de un texto y, sobre una versión digitalizada «base», usted podrá introducir interpretaciones del texto fuente. Es un tópico que los profesores denuncien en clase los desmanes de una edición, o vayan comentando errores de interpretación de un texto y esta es una solución útil a esa necesidad del mundo académico.

Asimismo publicamos de manera sistemática, en un mismo catálogo, tesis doctorales y actas de congresos académicos, que son distribuidas a través de nuestra Web.

El servicio de «libros a la carta» funciona de dos formas.

1. Tenemos un fondo de libros digitalizados que usted puede personalizar en tiradas de al menos cinco ejemplares. Estas personalizaciones pueden ser de todo tipo: añadir notas de clase para uso de un grupo de estudiantes,

introducir logos corporativos para uso con fines de marketing empresarial, etc. etc.

2. Buscamos libros descatalogados de otras editoriales y los reeditamos en tiradas cortas a petición de un cliente.